AF363788

SUCCESSION DE M. R. MAUZAIZE

OBJETS D'ART

ET D'AMEUBLEMENT

Céramique, Meubles, Tapisserie

GRAVURES, TABLEAUX

PARIS — MAI 1914

CATALOGUE

DES

Objets d'Art

ET

D'AMEUBLEMENT

FAÏENCES ET PORCELAINES ANCIENNES

BRONZES, OBJETS VARIÉS

SIÈGES ET MEUBLES

TAPISSERIES

Gravures, Dessins, Tableaux

LIVRES

DÉPENDANT DE LA SUCCESSION DE M. R. MAUZAIZE

Et dont la Vente, PAR SUITE DE SON DÉCÈS, aura lieu à Paris

HOTEL DROUOT, SALLE N° 12

LES LUNDI 4 ET MARDI 5 MAI 1914

A deux heures

COMMISSAIRES-PRISEURS

Mᵉ HENRI BAUDOIN   **Mᵉ GEORGES ALBINET**

10, rue de la Grange-Batelière   83, rue Taitbout

EXPERTS

Pour les Meubles et Objets d'art :   *Pour les Gravures et Tableaux :*

M. ÉDOUARD PAPE   **M. LOYS DELTEIL**

Expert près le Tribunal civil de la Seine   2, rue des Beaux-Arts

174, Faubourg-Saint-Honoré   PARIS

Pour les Livres : **M. CH. BOSSE**, 18, rue de l'Ancienne-Comédie

---

EXPOSITION PUBLIQUE

Le Dimanche 3 Mai 1914, de deux heures à six heures

CONDITIONS DE LA VENTE

Elle sera faite au comptant.

Les adjudicataires paieront *dix pour cent* en sus des enchères.

ORDRE DES VACATIONS

Lundi 4 Mai 1914

Objets d'art, Meubles, etc. . . . .   1 à 128

Mardi 5 Mai 1914

Livres.   130
Gravures, Tableaux   129

Paris. — Imp. de l'Art, Ch. Berger, 41, rue de la Victoire.

DÉSIGNATION

FAIENCES ANCIENNES

1 — **Alcora.** Canard et son petit, décorés au naturel.

2 — **Alcora.** Coupe, en forme de coquille, décorée au centre de grenades et de différents petits bouquets de fleurs polychromes.

3 — **Alcora.** Plateau à piédouche, décoré au centre d'un soleil entouré d'inscriptions et, au marli, de fleurs et de monuments.

4 — **Allemagne.** Deux assiettes, représentant l'Arche de Noé et un personnage biblique en prière.

5 — **Allemagne.** Trois pichets, décor de personnages et de fleurettes; montures en étain.

6 — **Allemagne.** Deux vases, forme balustre, décor d'ornements et de paysages en camaïeu bleu.

7 — **Allemagne.** Cheval marin, formant drageoir.

8 — **Aprey.** Plat à poisson, décoré de fleurettes et d'oiseaux polychromes.

9 — **Aprey.** Assiette à bords chantournés, représentant deux oiseaux sur une terrasse polychrome.

*

10 — **Castelli.** Petite assiette, sujet mythologique polychrome.

11 — **Delft.** Plat rond, décor polychrome au paon.

12 — **Delft.** Douze pièces, décor camaïeu bleu en polychrome, sujets divers.

13 — **Delft.** Assiette, à décors de rosaces en camaïeu bleu.

14 — **Delft.** Assiette, décor polychrome, dit au cœur.

15 — **Delft.** Assiette, décor camaïeu bleu : canard et ornements divers.

16 — **Est.** Deux assiettes au ballon, sans inscription.

17 — **Est.** Assiette au ballon, avec l'inscription : *Bon voyage.*

18 — **Est.** Assiette, avec l'inscription : *Vive la nation!*

19 — **Fabriques diverses.** Trois assiettes, inscriptions patriotiques et autres.

20 — **France.** Assiette, présentant un aéronaute dans sa nacelle agitant un drapeau.

21 — **Hispano-Mauresque.** Cinq plats à reflets métalliques, décorés d'oiseaux et de différents motifs polychromes.

22 — **Les Islettes.** Plat rond, décoré de Chinois polychromes et, au marli, de fleurettes.

23 — **Italie.** Six plats et assiettes, décors différents.

24 — **La Rochelle.** — Quatre assiettes, décor de bouquets de fleurs polychromes, de Chinois et oiseaux.

25 — **Marseille**. Assiette, décor de fleurs et de coquillages en camaïeu vert.

26 — **Marseille**. Assiette à bords rocailles, à décor de fleurs et d'insectes en couleurs.

27 — **Marseille**. Assiette à bords contournés, décor de Chinois.

28 — **Midi**. Fontaine à sujet mythologique et rocailles en relief, fond jaune.

29 — **Montpellier**. Trois assiettes, décor de roses et fleurettes polychromes.

30 — **Montpellier**. Jardinière à fond jaune, décor de fleurs polychromes.

31 — **Moustiers**. Plat, décoré au centre de bouquets de fleurs polychromes et, au marli, de motifs à camaïeu bleu.

32 — **Moustiers**. Huilier, à décor de guirlandes poly chromes.

33 — **Nassau**. Trois cruches en grès polychrome.

34 — **Nevers**. Assiette, présentant trois cœurs, avec l'inscription : *1790*.

35 — **Nevers**. Assiette avec l'inscription : *W. L. R.*

36 — **Nevers**. Assiette, représentant une gerbe de blé avec l'inscription : *Vive l'utilité, 1792*.

37 — **Nevers**. Assiette, présentant un cartouche, avec l'inscription : *A la Nation*.

38 — **Nevers**. Assiette, présentant sur des rubans l'inscription : *Tres in uno. La nation, la loy et le roy*.

39 — **Nevers**. Assiette, présentant l'inscription : *Le serment civique. Vive la nation, la loy et le roy.*

40 — **Nevers**. Deux assiettes, présentant deux mains enlacées au-dessous d'un bonnet phrygien et l'inscription : *Droits de l'homme.*

41 — **Nevers**. Assiette, présentant l'inscription : *Vive la nation,* au-dessous des insignes des trois ordres.

42 — **Nevers**. Assiette, présentant un coq perché sur un canon, avec l'inscription : *Je veille pour la nation.*

43 — **Nevers**. Assiette, avec l'inscription : *Vive la loi.*

44 — **Nevers**. Assiette, avec l'inscription : *Trésor national, 1791.*

45 — **Nevers**. Assiette, présentant sur une colonne l'inscription : *Le roy, la loy, la nation.*

46 — **Nevers**. Deux assiettes, modèles variés, avec l'inscription : *Réunion.*

47 — **Nevers**. Assiette, avec l'inscription : *Vive la République, 1794.*

48 — **Nevers**. Assiette, avec l'inscription : *Tres in uno. Vis unita fortior, 1789.*

49 — **Nevers**. Assiette, avec l'inscription : *Tres in uno, 1790.*

50 — **Nevers**. Deux assiettes à effigies de saints, présentant les inscriptions : *Louisse famme de Pierre Mersier, 1765, et Pierre Mersier, 1765.*

51 — **Nevers**. Assiette à bords chantournés, représentant sainte Marguerite et le dragon.

52 — **Nevers**. Saladier, décor polychrome de frégates et bateaux.

53 — **Nevers**. Gourde, décor soleil, polychrome.

54 — **Nevers**. Plat creux, décor de Chinois en camaïeu bleu.

55 — **Nevers**. Plat rond, décor camaïeu bleu figurant des guerriers luttant contre un dragon.

56 — **Nevers**. Assiette, présentant une frégate et, sur un drapeau, l'inscription : *R. F.*

57 — **Nevers**. Assiette, représentant la Bastille avec un drapeau sur lequel on lit : *Vivre libre ou mourir.*

58 — **Nevers**. Assiette, présentant l'inscription : *Aux mânes de Mirabeau, la patrie reconnaissante, 1791.*

59 — **Nevers**. Assiette, présentant un paysan portant les insignes de la noblesse et du clergé, avec l'inscription : *Je suis las de les porter.*

60 — **Nevers**. Assiette, présentant un renard pris dans un filet, avec l'inscription : *Le plus fin se trompe.*

61 — **Nevers**. Assiette, présentant un cartouche avec l'inscription : *L'étendard de la liberté.*

62 — **Nevers**. Assiette, représentant un chat guettant un chien, avec l'inscription : *Pran garde au chat.*

63 — **Nevers**. Huit assiettes patronymiques, avec inscriptions diverses.

64 — **Nevers**. Cinq assiettes, inscriptions diverses.

65 — **Nevers**. Douze assiettes, sujets insectes, animaux, personnages, jeux de cartes, etc.

66 — **Nevers**. Vingt-cinq assiettes, présentant les insignes des trois ordres, prise de la Bastille, Renommée, etc.

67 — **Rouen**. Trois assiettes et un compotier; sujets divers.

68 — **Rouen**. Deux petits moutardiers, décors polychromes.

69 — **Rouen**. Plat à bords chantournés, décoré au centre d'un bouquet de fleurs et, au marli, de motifs de ferronnerie et autres.

70 — **Rouen**. Plat octogonal, décoré au centre d'un panier fleuri, décor camaïeu bleu.

71 — **Rouen**. Soupière, décor à la corne.

72 — **Rouen**. Plat, de forme ovale, décoré au centre de dauphins et de motifs en camaïeu bleu.

73 — **Rouen**. Plat rond, à bords chantournés, décoré au milieu d'un panier fleuri.

74 — **Rouen**. Plat, de forme ovale, décor polychrome dans le goût de Bérain.

75 — **Rouen**. Plat, de forme ovale, à bords chantournés, décor polychrome à la corne.

76 — **Rubelles**. Cinq assiettes, décor de personnages.

76 *bis* — **Saint-Amand**. Sept assiettes à rehauts de blanc fixe imitant la dentelle et bouquets de fleurs polychromes.

77 — **Sceaux**. Six assiettes à bords chantournés, décor polychrome de personnages.

78 — **Strasbourg**. Assiette, dite aux cartes; décor polychrome.

79 — **Strasbourg**. Trois assiettes, à bords contournés,
décor de bouquets de fleurs polychromes.

80 — **Strasbourg**. Plat, de forme ronde, décoré de
bouquets de fleurs polychromes.

81 — **Strasbourg**. Deux assiettes à bords échancrés, déco-
rées de bouquets de fleurs polychromes.

82 — **Venise**. Petit plat, décor d'armoiries et de guirlandes
sur fond bleu.

83 à 93 — Environ cent pièces en faïence, fabriques fran-
çaises et étrangères : plats, assiettes, pichets, etc.

PORCELAINES ANCIENNES

94 — **Chine**. Magot et Kouan-in en porcelaine blanche.
Bases en bronze style Louis XVI.

95 — **Chine**. Assiette, représentant une femme assise
près d'une table couverte de différents attributs.
Époque Kang-shi.

96 — **Chine**. Assiette du service de la Pompadour. Époque Kien-lung.

97 — **Chine**. Assiette, décor aux perdrix. Époque Kien-
lung.

98 — **Indes**. Coupe, en forme de nélumbo, à décor de
fleurettes polychromes.

99 — **Venise**. Plat long et deux assiettes, pâte tendre;
bouquets de fleurs polychromes.

100 à 101 — Environ vingt pièces en porcelaine : tasses,
plats, soucoupes; pâte tendre et autre.

BRONZES ET OBJETS VARIÉS

102 — Flambeau de bouillotte en cuivre. Époque Louis XVI.

103 — Deux flambeaux, à deux lumières, supportées par des cors de chasse, en plaqué. Époque Louis XVI.

104 — Pendule en marqueterie de cuivre sur écaille et motifs de bronzes ciselés et dorés. Style Louis XIV.

105 — Coupe ajourée et son plateau. Travail oriental.

106 — Un tromblon et un fusil, à incrustations de nacre et de cuivre doré. xviiie siècle.

107 — Lot de fragments de cuirs de Cordoue et autres.

108 — Coffret en cuir, orné d'oiseaux et de fleurettes dorés.

109 — Petit nécessaire de toilette, avec ses ustensiles. Commencement du xixe siècle.

110 — Groupe en ivoire, présentant la Vierge foulant aux pieds le dragon et serrant dans ses bras l'Enfant Jésus. xviie siècle.

111 — Verre, dans étui, avec l'inscription : *Vive la Nation*. xviiie siècle.

112 — Petit lustre, à cinq lumières, en cuivre doré et pendeloques en verre.

113 — Boîte ronde, en écaille, cerclée d'or, avec miniature d'homme. Époque Louis XVI.

SIÈGES ET MEUBLES

114 — Cabinet, en bois noir, à nombreux tiroirs à incrustations d'os. xviiᵉ siècle.

115 — Buffet en chêne, à trois colonnes, dont les vantaux sont ornés de motifs Renaissance. xviiᵉ siècle.

116 — Fauteuil en bois sculpté, recouvert de cuir de
Cordoue. xviiᵉ siècle.

117 — Deux encoignures, en marqueterie de fleurs, en
bois de placage. Époque Louis XVI.

118 — Six chaises, en bois sculpté et peint blanc, à
lyres. Époque Louis XVI.

119 — Bois de fauteuil. Époque Louis XV.

120 — Glace en bois sculpté et doré, décor de feuilles
de vigne et raisin; fronton présentant une coiffure
orientale surmontant un croissant. Époque Louis XVI.

121 — Quatre fauteuils en bois sculpté et peint blanc,
décor de fleurettes. Époque Louis XV.

122 — Console en bois peint blanc, forme demi-lune, à
ceinture ajourée, décor de guirlandes et un nœud de
ruban; dessus de marbre.

123 — Petit canapé en bois peint blanc mouluré. Époque
Louis XVI.

124 — Bergère à oreilles en bois peint blanc, décor de
fleurettes.

125 — Petit secrétaire, en bois de placage, de forme légèrement mouvementée, présentant deux vantaux dans le bas et un abattant dans le haut; dessus de marbre. XVIIIᵉ siècle.

126 — Commode, de forme mouvementée, à deux tiroirs, en bois de placage, à marqueterie de fleurs en bois debout; chutes et encadrements, rocailles en bronze ciselé et doré; marbre brèche. Elle est signée : *Dubois*. Époque Louis XV.

TAPISSERIES

127 — Tapisserie présentant différents sujets tirés de l'histoire ancienne; bordure de fleurs, fruits et oiseaux. XVIᵉ siècle.

Haut., 2 m. 45 cent.; larg., 3 m. 70 cent.

128 — Lot de fragments d'ancienne tapisserie.

GRAVURES, DESSINS, TABLEAUX

129 — Sous ce numéro, nombreuses gravures anciennes et modernes, dessins, tableaux, etc.

LIVRES

130 — Sous ce numéro, environ 3.000 volumes des XVIIIᵉ et XIXᵉ siècles : Ouvrages de Droit, Littérature, Histoire, Voyages, Beaux-Arts, etc.